心波

心中那株绿

廉涛 著

陕西新华出版
太白文艺出版社·西安

图书在版编目（CIP）数据

心中那抹绿 / 廉涛著. -- 西安：太白文艺出版社，2023.11
ISBN 978-7-5513-2511-0

Ⅰ. ①心… Ⅱ. ①廉… Ⅲ. ①诗集－中国－当代 Ⅳ. ①I227

中国国家版本馆CIP数据核字（2023）第223645号

心中那抹绿
XINZHONG NAMUO LÜ

作　　者	廉　涛
责任编辑	曹　甜　关　珊
封面题字	肖云儒
封面设计	郑江迪
版式设计	建明文化
出版发行	太白文艺出版社
经　　销	新华书店
印　　刷	西安盛业印务有限公司
开　　本	889mm×1194mm　1/32
字　　数	110千字
印　　张	9.675
版　　次	2023年11月第1版
印　　次	2023年11月第1次印刷
书　　号	ISBN 978-7-5513-2511-0
定　　价	68.00元

版权所有　翻印必究
如有印装质量问题，可寄出版社印制部调换
联系电话：029-81206800
出版社地址：西安市曲江新区登高路1388号（邮编：710061）
营销中心电话：029-87277748　029-87217872

自在的书写
——为廉涛《心中那抹绿》写几句话

商 震

我和廉涛先生只在2018年春天匆匆见过一面。那时，我们从西安咸阳国际机场转机回北京，机场里人很多，我们几个人根本找不到地方坐一会儿。蓝野说："有一个朋友在机场工作，我打电话问问他在不在。"电话接通了，不一会儿，一个敦实、诚恳、略带腼腆的中年男人出现在我们面前。蓝野指着来人，对我说："这是廉涛，廉书记。"打过招呼后，廉涛带着我们来到一个地方，坐定休息。大家随便聊了几句，当然也谈到了诗歌。我们聊了不到五分钟，他说有一个重要会议，就急急地离开了。

我们坐在廉涛安排的地方直到登机。

如果说和廉涛见这一面有多么深刻的印象，肯定谈不上，但是，一点儿印象没留下也是撒谎。他朴实的谈吐，真诚的态度，尤其对诗歌表现出的虔诚，让我觉得这个人很可信。

从此之后,我们再没见过面,甚至也没打过电话。逢年过节,互发个问候信息而已。

大约是去年国庆节后,廉涛给我寄来了他的散文集《心中那片海》,后来听说还在北京开了作品研讨会,去了很多大家、名家,开得很成功。这对一个业余作家来讲是一件很不容易的事,我为廉涛高兴。

今年中秋前,突然接到廉涛的电话,要我为他即将出版的诗集写个序言。我当时确实有些难为情。首先是,我觉得像廉涛这种质朴、腼腆的人很难张嘴求人,而且他还诚恳地说:"你怎么写都行,就想请你给我写几个字。"其次是,之前我就没看过哪怕一行廉涛写的诗。我礼貌地推脱了一下,但没能让他改变主意,他坚定地要求我来写篇序言。我只好说:"好吧,把作品发来我看看吧。"

当我把廉涛的这本诗集看完,我开心地笑了。之前并不了解的廉涛,通过阅读他的文本对他有了一些认识。廉涛这不是写诗,是在开心地写自己想写的文字。

一个作家或诗人,写作的目的是获得自己心灵的愉悦,是获得一时的自由。但是,真正的写作自由是想写啥就写啥,想怎么写就怎么写,无拘无束,无规无矩。

这一点,廉涛做到了。

我是一个做了半辈子诗歌编辑的人,廉涛的这部作品都是有感而发,有事可说,有情可表。尽管有时他抒发的是感想和感慨。

诗歌是诗人心情、感受、顿悟的外在形态，以真实可感为佳，这方面廉涛做得很好。至于他的文字是否会产生诗性意义，大概廉涛也没去想，或者他根本就不去想。他想的是把自己的心情、心态、心思如实地呈现出来，以追求真实为美、真实为诗的写作原则。他还写了很多四句、八句类似格律诗的作品，还有一些类似对联的作品，这些作品是否合乎平仄、对仗等格律要求，他都不去考虑，率性地写，尽兴地写，自由地写，自在地写。

我写，我高兴；我写，故我在。

廉涛都写了什么？身临其境的，耳闻目睹的，所思所想的；天上的，地上的，农村的，城市的，人情的，人心的，无所不涵。通过这些作品，我看到了一个面貌真实、心里坦荡的活生生的廉涛，一个要求自己遵守"仁义礼智信"的廉涛，一个有血有肉多情善感的廉涛。

认真地说，我无法过多地赞美廉涛的作品，可是，我又非常佩服他用这种写作方式来排遣情绪。他在作品中一直在说实话，说真话，好像我们日常听到家人和朋友说的"我饿了""我困了""我想骂人"等是一样的。这些涉及生命、生活、情感的具体的语言，是不是一定要用艺术的标准去苛求呢？

总之，廉涛就那样说了、写了，我也这样读了、写了。

最后祝廉涛《心中那抹绿》出版快乐，祝廉涛继续快乐地写作。

2023 年 8 月 28 日

商震，著名诗人。曾任《人民文学》副主编，《诗刊》常务副主编，作家出版社副总编，现任《当代》杂志、《当代诗歌》执行主编。

目 录
CONTENT

·第一辑 现代诗

003	生活,请回答我!
006	寻　路
012	回楼观
015	梨园颂
017	黑河情
019	初　见
020	我愿……
021	喜　欢
022	爱的分量
024	月　下
025	无　题
026	五　月
027	盼
028	青岛情思

030	我心中的跑道
034	题建党八十周年西安机场图片展
035	可爱的新西兰
037	台湾三日
040	晨　思
041	平安夜致友人
042	无　题
043	"五一"致友人
044	致友人
045	可爱的青海湖
046	致同学
047	2009年第一场雪
048	结古镇的清晨
049	一条流淌文字的河
051	在银色的大地上行走
053	新年致友人
054	妈妈呀
055	晨　读
056	元宵节致友人
057	早春的阳光真好
058	圣诞致友人
059	新年致友人
060	无　题
061	致友人

062　春节致友人

063　别　酒

065　塞上雪景

066　股海断想

068　中秋致友人

069　上班路上

071　古城，又一个黎明

072　雪　花

074　回　家

076　秦岭脚下

077　在雨中

078　致友人

079　致友人

080　致多瑙河

082　霞　浦

083　雪　花

085　星

086　过石泉

088　知　否

089　好美的雪花啊

090　生命绿洲

091　醉　歌

092　读《老旦》致朱佩君女士

第二辑　古体诗

095　观电影《高山下的花环》有感
096　寻　路
098　贺中华梨园诗社成立
099　无　题
100　山里人
101　长江第一湾
102　虎跳峡
103　赠出租车司机
104　柞水溶洞
105　木王山杜鹃花
106　开元宾馆
107　商洛行
108　观新疆军区歌舞团演出
109　武夷山
110　长安感怀
111　黄果树瀑布
112　龙　宫
113　乌江随感
114　遵　义
115　黔　灵
116　漓　江
117　桂林市中心公园

118	岳麓书院
119	张家界
120	由宜兰回台北途中
121	无　题
122	敦　煌
123	鸣沙山
124	到旬阳坝
125	题《青年园地》
126	密云记忆
127	登长城
128	贺徐长林出嫁
129	贺白京勤先生五十三岁生日
130	谒司马迁墓
131	贺韩彬娶亲
132	无　题
133	致友人
134	巡视机坪围界
135	贺李娜出嫁
136	赠友人
137	贺杨丽娜出嫁
138	咏　梅
139	赞权小红老师
140	邓平寿事迹报告会感怀
141	与友人游太平峪

142	伯衍先生习书两周年
143	赴青海慰问
144	由西宁到贵德
145	登日月山
146	游青海湖
147	二炮实验楼
148	贺伯衍先生四十五岁生日
149	由西宁往玉树途中
150	赞玉树机场建设者
151	由玉树回西宁途中
152	国庆致友人
153	与友人登卧佛寺
154	夜　遇
155	贺陈科娶亲
156	元旦致友人
157	贺姚付伟娶亲
158	致友人
159	致友人
160	致友人
161	与友人赴太平峪赏雪
162	赞红琴
163	示　儿
164	无　题
165	无　题

166	赏桃花
167	在父亲坟前
168	跑步者
169	"5·12"地震
170	赞天水机场建设者
171	致友人
172	固原机场建设有感
173	天水机场建设感怀
174	青海金银滩原子城感怀
175	观《风雨老腔》
176	中秋致友人
177	望　乡
178	圣诞在项目工地
179	元旦致友人
180	寒　夜
181	给建设公司同事拜年
182	春节致友人
183	元宵节致友人
184	和王芃先生
185	赞安装机械同人
186	清明感怀
187	与周至中学84级5班同学聚会
188	致友人
189	游青海门源

190	游青海察汗河
191	游热水沟
192	巴塘草原
193	贺权英祥先生六十六寿辰
194	致友人
195	致机场建设公司全体同人
196	致悦泰公司同人
197	在深圳亲戚家过年
198	贺岳母大人七十大寿
199	与机场建设公司员工联欢
200	"三八"感怀
201	与民航中青班同学相聚成都
202	映秀行
203	赞机场建设公司篮球队
204	与机场建设公司青年登太平峪
205	端午致友人
206	答慰杜耀峰先生
207	赞同学富蹼岩
208	送友人赴美
209	赞西部机场集团
210	建设者赞
211	机场建设公司赞
212	正月十五
213	清明感怀

214	贺杨莹王会刚喜结连理
215	游大明宫
216	致友人
217	欢迎孙绍强同学
218	贺杨玲玲徐峰喜结良缘
219	贺王新仓先生《大唐纪事》演出成功
220	致周伯衍先生
221	新年致友人
222	答张迈曾先生
223	赴包头、呼和浩特感怀
225	塞上秋夜
226	贺王庆浩博喜结良缘
227	致友人
228	上元节塞上致友人
229	上元节致家人
230	给新入职员工刘和雨
231	有感于榆林风沙
232	读李星老师《危机四伏的樱镇世界》
233	无　题
234	闻儿子通过雅思考试
236	赴宁夏机场对标学习
237	致儿子
239	与民航中青班同学聚会长春
240	长白山天池

241 锦江峡谷
242 中秋致友人
243 闻李艳女士新闻作品获奖
244 读李艳女士《行走在我的城市》
245 短　秋
246 致在英国读研的儿子
247 致榆林机场员工
248 鹏城遇刘斌先生
249 致榆林机场运输服务部、机场部员工
250 心　灯
251 致李晴晴女士
252 贺卜宏平娶亲
253 游云台山
254 成都行
256 刘公岛二首
257 成山头怀古
258 重登蓬莱阁
259 重游栈桥
260 致友人
261 七夕感怀
262 汉　江
263 第一场雪
264 独　坐
265 致友人

266　题牛年春乡友聚会

267　致朱鸿兄

268　致友人

269　送张立兄退休

270　送陈朝平先生回川

271　高考有感

272　"诗意蓝城"元宵诗会有感

273　《心中那片海》研讨会感怀

274　民航中青班同学二十周年聚会抒怀

275　贺张立兄乔迁之喜

第三辑　撷　句

285　后　记

第一辑 现代诗

第一辑 现代诗

生活,请回答我!

生活
请告诉我
用什么来把你充实
　　　使你快乐
是看书读报
　　　写诗作文
还是弹唱舞蹈
　　　交游八方
我在沉默
　　　我在探索

我希望
　　　在我走出校门之前
经历狂风暴雨
　　　种种折磨
我渴望

在我走向社会之前
人世的苦难
把我碰得鼻青面肿
　　头破血流
我要在刀尖上行走
我要在乱箭中穿梭
我要在雷电下奔跑
我要在死水里呼吸
　啊
　我要这样生活
　我需要这样生活
　　生活啊
　　　请回答我
　　　　你幸福吗

生活
　我有一个秘密
　它是我的理想
　铭刻在我的心中
　我暂且不告诉你
　　　你可万莫生气
　一年之后
　　我将扑向你那

  茫茫无边的胸怀

  激起万丈浪涛

  掀起千层海波

  烧旺生命的烈火

  奏起人生最美好的交响乐

十年之后

  人民大会堂有我的足迹

廿年之后

  纽约时代广场记录我的才华英气

  从北极到南极

  从零度经线到日界线

我呀

要把地球

  变成我手中的地球仪

生活啊

  谁能不说你

    快乐无比

1985年4月13日于西安丰镐路17号

寻 路

1986年毕业分配季，为了留在西安城工作，四处奔波，饱受人间冷暖、世态炎凉，始终坚定信心，心向光明。

一

我在愤怒中寻找
我在镇静中思索
我在痛苦中追溯
　人与人关系的基准

　　1986年9月2日于西安丰镐路17号

二

我的眼前正放着一本书

仁义礼智信占据着

我这六平方米的房间

我正面找德

反面觅义

抹把泪水再不想

寻求历史的渊源

1986年9月3日于西安丰镐路17号

三

死一般的夜

活着的人只有一个

熟睡的人你可知道

孤独的灵魂在把食物寻找

天黑得太晚了

皮和骨头又能做几个肉夹馍

贤士啊

谁能把这枯瘦如柴的人

　　从苦难中解脱

天亮得太早了

本应都在黑暗中度过

为什么偏只是我

  把自己折磨

度日如年

谁之过错

幼稚的灵魂

你怎么信任他人竟还比

  信任自己的先祖还深

心如乱箭穿戳

情似大海波涛

我该怎样把握住

  自己生命的船舵

    1986年9月3日于西安丰镐路17号

四

为了事业

我不顾一切

我要把失去的一切

连同属于我的一切夺回

我要把没有良心的人

连同拜金主义的灵魂砍掉

我要把世界上的邪恶

和那邪恶中的阴谋埋葬

我要把道德的旗帜

和人类的美好善良举高

让春雷击毁它吧

让正义粉碎它吧

让人民的伟大力量

战胜它吧

不要难过

会好起来的

一切都会好起来的

只是失掉了时间

失掉了机会

总结经验吧

折磨自己是最无能的表现

吃饱

睡足

大笑

畅谈

跳舞

唱歌

打球

游览

走吧

一代不如一代的是你

青出于蓝而胜于蓝的是我

是我

是我

世界太美好了

给了我探索人生真谛的机会

我明白了许多

　　　　1986 年 9 月 11 日于西安丰镐路 17 号

五

我渴望恢复

我失去的生机

谁之过也

它

　　它

　　　　它

最可恶了

我孤独

它却不理睬我

我要诅咒它

世界上并没有这样一条真理

特别是现在的年代

富贵不能永存

更不能遗传

1986年9月11日于西安丰镐路17号

回楼观①

一

路
曲曲弯弯
跨过无垠的原野
伸向我的故园
虽是好久不曾走过
童年的足迹
历史的卡片
我怎能不把你
深深地眷恋

春花春鸟秋月秋蝉
夏雷夏雨冬雪冬寒
多少颗星星多少爱
多少把黄土多少情

多少次梦饮故乡水

多少回梦中见楼观

二

我从梦中归来

款步踏上麦苗青青的田埂

何须寻觅儿时的柳笛

古老的山歌已换了新韵

曾经

你饱经风霜

像是刻满了皱纹的老人的脸

今天

拂去岁月的尘垢

你像少女般让我迷恋

山是那样青

水是那样绿

城镇是那样璀璨

陌路人亲如兄弟一般

我像一个初恋者

沉醉在你的怀抱

吻着你青春的容颜

三

路
曲曲弯弯
跨过无垠的原野
伸向我的故园

我在美的旋律中徘徊
我在春的花潮中流连

1987年12月17日于西安西关机场

注：①楼观，即楼观镇，位于作者家乡陕西周至，是楼观台所在地。楼观台是我国道家发祥地之一，有天下第一福地之称。

梨园颂

台上
　　生旦净丑
　　　　组成美的花苑
台下
　　声声赞叹
　　　　筑成爱的宫殿
飞旋的舞者
　　是时代腾飞的鼓点
甜美的歌声
　　是对中华未来的呼唤
数不清百花园中
　　　　精英如星
说不尽几多名剧
　　　　叹为观止
听不绝南腔北调
　　　　各领风骚

唱不完古苑新芳
　　　百花争艳
啊
　今日的梨园
　万紫千红的春天

　　　　　1987年12月于西安西关机场

黑河情

——黑河引水工程抒怀

带着太白不尽的积雪
载着终南巍巍的雄风
你
  关中古老的巨龙
是我生命的祖宗

你深深的碧水
  曾倒映黄巢的刀光剑影
你激流中不倒的石狮
  铭刻着高迎祥的英名
你夹岸的秋叶
  浸透着红军战士的鲜血
你仙游寺的胜景
  激起过多少文人墨客的诗兴
你哺育过多少优秀的儿女

你拯救过多少黄土地上的生灵

黑河
我爱你
请把我一腔情怀
　　送给古城

　　　1988年1月9日于西安西关机场

初　见

你
　　没有涂脂抹粉
　　没戴钻戒耳环
可是
　　你那柳叶眉下
　　　　一双水汪汪的大眼
　　和那绯红圆润的脸颊上
　　　　深深的酒窝
　　却把我带到了
　　　　明媚的春天

1988年9月于西安西关机场

我愿……

我愿做你自由飞翔的蓝天
我愿做你追波逐浪的碧海
我愿做你静谧栖息的园林
我愿做你幸福雀跃的春光
我心中天使般的燕子啊
沧海可移
　　我一片痴心永不会改
海枯石烂
　　我一腔炽爱永不衰减
看日月星辰
　　那是我对你无尽的情
看高山流水
　　那是我对你永恒的爱

1988 年 9 月 13 日于西安西关机场

喜　欢

我喜欢去幼儿园
　　那里有我童年的梦
　　尽管梦是殷红殷红

我喜欢看历史片
　　历史铸造了我刚韧的性格
　　尽管回忆总带给我五味的心情

我喜欢去郊外踏青
　　黄土地养育了我
　　尽管乡间的小路还是那样泥泞

我喜欢读书沉思
　　无论过去现在将来
　　知识将永远是我生命的航标灯

1988年12月14日于西安西关机场

爱的分量

我不愿离开
你那柔若蝴蝶的发髻
你那深情似水的眼睛
你那美丽醉人的笑容
你那婀娜多姿的倩影
时间啊
你为何走得这样匆匆

你总是说你给我的太少
可是这一针针啊
情是那样的凝重
你总是说我给你的太多
可是这一线线啊
爱是这样的真诚

恋人的心啊

不能用磅秤来称

爱情的分量

不能用多少权衡

是爱

就要爱得发疯

我爱你啊

我将为你而生

1988年12月19日于西安西关机场

第一辑　现代诗

月　下

月下
雪地里
走着儿时的步子
想着你
天地像是我的心
想着你
我的心又好似天地
于是
我的爱凝结成雪
雪就成了我心中的爱
我始终走在
这广袤的雪地

1989年元月12日于西安西关机场

第一辑 现代诗

无 题

忆往事
山重水复几多艰
无处不胜寒

抬望眼
柳暗花明尽是春
满目雪中炭

    1989 年元月 23 日于西安西关机场

五 月

天空渐渐地蔚蓝高远

树枝一天天吐绿舒展

无论过去现在还是将来

爱春天

恋春天

思春天

已成了人性的必然

五月生的娃娃自然热爱五月的天

桃红柳绿还带有鸟语花香的景观

寒去暑来唯有一件事萦绕心田

想五月

盼五月

更翘望

五月的花好月圆

1989年3月8日于西安西关机场

第一辑 现代诗

盼

我真的没想过

会绿得这么快

这不是梦

渴望不能用语言倾诉

落了秋叶

融了霜雪

青春的杨柳

让人盼红了眼

终于吐出了嫩芽

整个世界就像是

红红的太阳北移的时候

那可爱的燕子扇着金色的翅膀

欢快地飞回

1989 年 4 月 6 日于西安西关机场

青岛情思

去烟台参加《中国民航报》全国各地记者站成立大会,途经青岛,在栈桥第一次看见大海。

带着蓝色的梦
来到你的怀抱
这美丽的岛城
剥去蒙童的幻想
又添了多少憧憬

你的英姿
　　像春姑娘般柔美
你的面容
　　似浪花一样洁净
你的胸襟
　　像海一样宽广

你的性格
　　似磐石般坚硬

啊
青岛
多少游客
恋着你海一般的温情

　　　　1990年6月5日于青岛

第一辑　现代诗

我心中的跑道

朋友
你可曾想过
机场的跑道像什么

白天
跑道像祖国大地上一条明亮的长河
银鹰起飞
犹如直冲云天的海燕

夜晚
跑道像祖国都市里一条繁华的大街
银鹰归来
老远就望见它闪亮的明珠两串

如果说
机场是绿色的琴

第一辑　现代诗

跑道就是银色的琴键

银鹰就是弹奏蓝天之曲的灵巧的指尖

如果说

滑行道是拉满的弓

跑道就是绷紧的弓弦

银鹰就是这巨大的硬弓射出的利箭

如果说

跑道是圣洁的哈达

那么，它送走多少希望和憧憬

又带来多少幸福和友情

如果说

跑道是长卧的巨龙

那么，缚龙之人就是机场的每一位员工

场道工告诉我

跑道

是摄取他们战斗生活的长长的胶片

只要你看见它的洁净和平坦

你就不难看出为了旅客的安全

他们怀着怎样的忠诚和赤胆

现场指挥员告诉我
跑道
是他们将粗大的手臂伸向天边
哪一次不是把银鹰全部安全接下来
他们才端起吃饭的饭碗

巡道的民警告诉我
跑道
是从高天垂下的长长素绢
无论春夏秋冬
他们都在上面谱写着
保护人民生命财产的钢铁誓言

机场职工们告诉我
跑道
是机场人的身躯和脸面
只要你看到它的洁净、宽阔与平坦
　　　　坚实、负重与向前
你就无须再问机场人的思想和品格
　　　　机场人的作风和观念

跑道
在机场人的心中

不是砂石和水泥混凝的普通地板
而是团结坚实的摩天巨盘

跑道
在机场人的心中
它背倚大地
　　仰观天宇
没有豪华的粉饰
而只有坦诚质朴的内涵

跑道
在机场人的心中
它默默无闻
　　不图名利
只想用它的优质奉献
换得千万旅客的安全

跑道
在机场人的心中
不只有3600米长
而是勇往直前的丝路大道
把古城西安和五湖四海
紧紧相连

1993年10月2日于西安咸阳国际机场

题建党八十周年西安机场图片展

八十载风雨沧桑
红旗漫卷
目睹中华巨变
十余年岁月流金
空港腾飞
再谱壮丽诗篇

2001年7月1日于西安咸阳国际机场

可爱的新西兰

从罗托鲁阿回奥克兰的路上,风景如画,心潮澎湃。

一

听着邓丽君的歌
穿行在毛利人生息的土地
望不断
　　碧草连天
数不清
　　绿树绵绵
看不透
　　清水潺潺
听不绝
　　莺鸣啾啾
还有那
　　白云淡淡
　　红房艳艳

　　　　牛羊群群
　　　　海天蓝蓝
　　远离了
　　　　人世繁杂
　　　　啼笑情缘
　　唯有
　　　　舒心与感叹

二

总梦想去一个人迹寥寥的地方
生活在
蓝天绿树
碧水红房
享受那
阳光沙滩
欣赏那
金发女郎
可爱的新西兰岛啊
你使我梦想成真
你送我人间天堂

2002 年 3 月 16 日于新西兰

台湾三日

  2002年7月18日至30日，随陕西省台办代表团赴台湾访问。7月21日从花莲乘车至垦丁，道路为蒋经国时代开山而建，左侧为太平洋，右侧是山，途经八仙洞、水往上流等景点，一路风光旖旎。

每每想来每每念
几回回梦里来台湾

未下舷梯泪先流
万语千言涌心头

双手捧起宝岛的水
一股热血流心里

双手接过热奶糕

好比千言暖心窝

宜兰名乡是礁溪[①]

乡里没有乡村气

青水断崖[②]险亦奇

穿山开路更可泣

花莲地方虽是小

夜如昼来人如潮

右依山来左傍水

太平洋就在眼皮底

六百里路一日行

最美夕阳照垦丁

2002 年 7 月 21 日于垦丁

注：①礁溪，是宜兰县的一个乡，礁溪
温泉被誉为"温泉中的温泉"。
②青水断崖,位于台湾省东部海岸，

台湾最危险的一条铁路线由此经过，是著名的旅游打卡地。

第一辑　现代诗

晨　思

晨曦起
鸟儿鸣
叫卖又声声
思昨日
想今天
明朝路重重

2007 年 6 月 27 日晨于高科花园

平安夜致友人

平安不是一夜
是一生一世
祝福不是一次
是永远永久

2007年12月24日于高科花园

无 题

什么都不用说

让刚散的云彩去说

什么都不用诉

让刚下的细雨去诉

什么都不用做

让美丽的春天告诉你

2008 年 4 月 23 日于西安西关机场

第一辑 现代诗

"五一"致友人

告别了花花绿绿的春天
迎来了艳阳高照的初夏
四季轮回更替
祝福温馨常在

2008年5月1日于高科花园

致友人

繁忙时别忘了问候
休闲时别忘了相聚
高兴时别忘了分享
伤痛时别忘了分忧
潇洒时别忘了挚爱
寂寥时别忘了惦念

2008年6月16日于西安西关机场

可爱的青海湖

蓝得让人心疼

柔得使人心动

静得叫人窒息

美得唤人入梦

可爱的青海湖啊

是您赋予了青藏高原的高洁与灵性

还是青藏高原催生了您的不朽与神圣

迷恋在您的怀里

我却怎么也看不懂您的面容

2008 年 8 月 22 日于青海湖

致同学

相识只是一年
　　恨相知晚
相逢只是一瞬
　　前世有缘
思念不只今生
　　还有来世
祝福不只今天
　　直到永远

2009 年 2 月 8 日于西安西关机场

2009年第一场雪

　　去冬今春北方大旱,南方多个省份(皖、湘等)无雨,国家启动一级抗旱应急响应。昨夜喜降瑞雪,早晨出门白茫茫一片,大雪正酣。

2009年的第一场雪来得真奇
春天的故事里多了些诗意
干涸的土地有了生机
人们有了希冀
看雪
　　美丽
玩雪
　　沉迷

2009年2月26日于西安西关机场

心中那抹绿

结古镇[1]的清晨

窗外

一抹青山

近处人家

山涧青烟

雾漫峰巅

经幡忽隐忽现

一夜的狗叫停了

静谧的结古镇

神奇的三江源

2009年8月2日晨于玉树结古镇

注：[1]结古镇，原结古镇是玉树藏族自治州的首府，"结古"藏语意为"货物集散地"。

一条流淌文字的河

勒巴沟[①]
一条流淌文字的河
那经年不息的清流哟
是金城文成
泪水的诉说

勒巴沟
一条流淌文字的河
那激流中不倒的顽石上的经文哟
把汉藏千年的故事传播

勒巴沟
一条流淌文字的河
那两岸的经幡和悬崖上的石刻哟
是不同文明绽放的别样的花朵

勒巴沟
一条流淌文字的河
是您告诉我啊
历史虽然无情人性自有善恶

2009 年 8 月 3 日于玉树

注：①勒巴沟，藏语意为"美丽的沟"，位于青海省玉树藏族自治州结古镇巴塘乡，距结古镇 20 公里，是人文风景旅游区，沟内的玛尼石雕刻着浓缩了佛教全部教义的藏文和梵文六字真言，在这里你可以看到整个藏族宗教石刻的历史。

第一辑 现代诗

在银色的大地上行走

　　西安突降暴雪,一个人走在西安高新区唐延路上。

我在银色的大地上行走
雪花飘洒在我的额头
儿时的记忆
如梦的春秋

我在银色的大地上行走
雪花抚摸着我的额头
活着好美
别再烦忧

我在银色的大地上行走
雪花亲吻着我的额头
看不尽前头

望不断后头

2009年11月11日晚于高科花园

第一辑 现代诗

新年致友人

心相牵
情相依
爱相随
人相伴

2010年元旦于高科花园

妈妈呀

妈妈老了
坐在轮椅上
总忆起她
　　擀面的手
　　　　和扛粮袋的肩头

揉揉模糊的双眼
总忆起她
　　青春年少展风采
　　穿针引线竞风流

妈妈呀
　　可惜时光不能倒流
　　昼来夜去
　　谁能拦阻

2010 年元月 13 日凌晨于高科花园

晨　读

清晨
总要捧起诗刊
在米汤馒头咸菜之前
读一首
清清嗓子
读两首
润润心田
再读
为了能快乐地活在
　　　自己的精神家园
这米汤馒头咸菜虽不算丰盛
　　　却也十分舒坦

　　　　2010年3月17日晨于高科花园

元宵节致友人

鸿雁有信万里送东风
不离不弃梦里总相逢
深情厚谊总是在其中

2012年2月6日元宵节于高科花园

早春的阳光真好

早春的阳光真好
侧卧床榻
听着鸟叫

早春的阳光真好
洗掉忧愁
绽出微笑

早春的阳光真好
花开枝头
遍地芳草

2012年4月2日晨雨后于高科花园

圣诞致友人

刚堆了一米高的雪人
打扮成圣诞老人
闭目
许个心愿
圣诞快乐
一生平安

2012 年 12 月 25 日于榆林机场

第一辑　现代诗

新年致友人

思念的话儿藏在心间
祝福的话儿送到耳边
新年甘甜
好梦如愿

　　　　　　2013年元旦于榆林机场

无 题

是梦
却很真切
短暂
却很悠长
简单
也很甘甜

2013 年元月 20 日于榆林机场

第一辑　现代诗

致友人

塞上一片银白

满眼的圣洁

恰似有缘的您

2013 年元月 23 日于榆林机场

春节致友人

借一片
道教圣地的祥云
瑞气盈门

捧一朵
洞天福地的雪花
吉祥安康

2013年春节于下黄池

第一辑 现代诗

别　酒

从前

为了友情

把你斟满

夜半时分

胃似翻江

想着友情

　　还能否在明天绵延

从前

为了事业

把你斟满

夜半时分

头晕目眩

想着身板

　　还能否承载事业的明天

心中那抹绿

从前
为了面子
把你斟满
夜半时分
辗转无眠
想着里子没了
　这面子岂不成了空空一片

从前
总找理由
把你斟满
夜半时分
自言自语
想着到哪里去寻找
　人格和尊严

从此
别了酒杯
不再自作自残
为身体
　也为远方亲人的牵念

2013年3月2日夜于榆林国华

塞上雪景

没雪的塞上是那样忧伤

飘雪的塞上是这般喜狂

好一个滑倒再起

好一个雪人盛装

乐坏了孩子

忙坏了爹娘

2015 年 2 月 14 日于榆林国华

股海断想

今天的股市

让我情何以堪

一年的收成

半月化为云烟

留着

不忍看飞流直下

割了

又梦想反弹

优柔寡断中

一次次误了自救的黄金节点

细想想

不懂技术

根子在贪

好在

经历过"5·30"[①]的潮起潮落

钱虽没了

意志还坚

没有伤肝伤胆

忘掉这一切吧

总结教训

汲取经验

重拾信心

稳步向前

2015年7月4日凌晨于榆林国华

注：①股市"5·30事件"，指沪指从2007年5月30日开始，跳空低开，在随后短短5个交易日里跌去近1000点，相当于一次小型股灾，被称为"5·30事件"。

中秋致友人

今夜
送您一抹月光
还有
金秋的芳香

2015 年中秋节于榆林机场

上班路上

寒风的清晨
你来我往
宽阔的高速
你赶我忙
每个人都在飞向
心中的梦想
每个人都在迎着
心中的太阳

也许
走着走着
有些迷茫
也许
走着走着
越来越亮
总归是

人生苦短
莫要彷徨
想着知音
梦着远方

　　2017 年 12 月 6 日晨西安到咸阳国际机场途中

古城，又一个黎明

马路上的扫帚

划破夜空

摩天楼似把把尖刀

刺向寒风

褐色的终南

巍峨高峻

古城

又一个黎明

2017 年 12 月 8 日晨于海珀香庭

雪　花

多美的雪花啊

喜欢它飞舞的样子

像是你

娇美的身姿

灿烂的微笑

多美的雪花啊

喜欢它洁白的样子

像是你

害羞的神情

白嫩的脸庞

多美的雪花啊

喜欢它亲吻大地的样子

像是你

柔美的曲线

融化在我的怀抱

2018 年 1 月 3 日于西安咸阳国际机场

第一辑　现代诗

回　家
——致友人

回家
是多么温暖
爸妈早早地千般叮咛
万般惦念

回家
是多么温暖
爸妈早早地备好饭菜
只为解解女儿的嘴馋

回家
是多么温暖
依偎在父母身边
一切烦恼都抛到了云端

第一辑 现代诗

回家
是多么温暖
走走儿时的小路
想起了曾经的调皮捣蛋

回家
是多么温暖
叫一声发小的乳名
再说说当年的遗憾

回家
是多么温暖
呼吸一口故园的空气
天也蓝蓝心也灿烂

回家
是多么温暖
再高的风筝
都离不开那根牵引着的线

2018年1月20日于西安咸阳国际机场

秦岭脚下

新柳吐绿
杏梨花白
高蒿低绿人徘徊
远望翠岭
近看春裁
婚纱摄影田边拍
美哉美哉
快哉快哉
地久天长向未来

2018 年 3 月 13 日于秦岭山下

第一辑 现代诗

在雨中

沿着小区的大理石道
绕着中心花园
踏着路灯照射下的
　　一汪汪泛着亮光的积水
听着雨伞上滴落的雨声
迎着暴风雨后温凉的夏风
闻着一股股
扑面而来的花香草香
想着知心人伴在右侧
　　该有多美

　　　　2018年8月10日于海珀香庭

致友人

像一朵彩云

飘来北国

飘来古城

又像一阵旋风

飘向西北

飘向陇原

留下了

黑衣白裙灰巾倩影

善良聪慧优雅温柔

无法复制的神韵

让心陶醉的笑容

怎叫人

不思

不梦

2018年9月18日晨西安咸阳国际机场

第一辑　现代诗

致友人

你是红石峡里的摩崖石刻
你是敦煌莫高窟里的壁画
你是通天河畔勒巴沟里的玛尼石
经年不腐
斗转星移
永远刻在我的心里

2018 年 11 月 5 日晨于西安咸阳国际机场

致多瑙河

凝视星空
想着万里之外
蓝色多瑙河畔
明亮别致的会场
一位娇小的四川姑娘
站在台上
面对金发碧眼
落落大方
英语
流利优雅
自信
神采飞扬
东方女性的魅力
照亮着裴多菲的故乡
相隔万里
心在喝彩

情在鼓掌

2019年1月17日凌晨5：30于西安咸阳国际机场

第一辑　现代诗

霞 浦

在一个披满霞光的地方
认识了一位哈尼族姑娘
善良聪慧
柔美大方
一头乌发
与身同长
小皓东壁同观斜阳若影
东风塘青山下共赏《渔舟唱晚》
相聚虽短
美留心房
列车驶向北方
思念飘向南方

2019 年 10 月 6 日由霞浦回西安的高铁上

第一辑 现代诗

雪　花

小时候

下雪时

喜欢在雪地上翻滚

　　在院子和门口堆雪人

喜欢仰望天空　张大嘴巴

　　让雪融化在嘴里

喜欢用竹竿轻轻地敲着屋檐下的冰凌

　　听着那清脆的响声

喜欢沿着屋前的坡道

　　和小朋友们滑滑梯

喜欢望着南山

　　看雪染的风景

喜欢站在田头

　　看原驰蜡象

长大后

心中那抹绿

在城里
冬天
　　盼着下雪
春天
　　最怕雪化

多好的雪花
多美的雪花
多么醉人的雪花

雪花中有我的情愫
雪花中有我的痴爱
雪花中有我的梦想

　　　　　　2019 年 10 月 22 日于海珀香庭

星

你
不是流星
只划过我的天空
你
是启明星啊
应照亮我人生的旅程

2020 年元月 12 日于西安咸阳国际机场

过石泉

2020年9月4日到安康新建机场进行慰问，9月5日回西安途经石泉，受到石泉文友的盛情招待，晚11点回到西安。

从安康　到石泉
景美路宽心似箭
汉江水　穿石泉
石泉不石显活泛
民风朴　秩井然
文明有序不一般
古建筑　青石路
悠悠文化小街现
石泉女　名书平
业在省城好人缘
有朋自　远方来
文化名士齐聚欢

每道菜　有来头
小吃有名不虚传
品柚茶　赏书画
卧虎藏龙在民间
西门里　再相聚
二胡声声醉心田
悄悄然　天已晚
石泉一天胜十年
曲有终　人有散
绵绵情谊留心间
石泉美　石泉好
回到西安梦石泉

2020年9月5日夜从石泉回西安路上

知 否

昨夜雨急风骤

辗转通宵未休

试问

世间何物最愁

知否

知否

应是爱在心头

2020年10月于西安咸阳国际机场

好美的雪花啊

好美的雪花啊
喜欢它洁白的样子
像你清纯如玉的脸庞

好美的雪花啊
喜欢它飞舞的样子
像你婀娜摇曳的身姿

好美的雪花啊
喜欢它融入大地的样子
像你在怀抱中的柔媚

2020 年 11 月 22 日小雪于西安咸阳国际机场

生命绿洲

在重庆出差,与友人相聚时即兴而作。

有朋友
就有生命的绿洲
有朋友
心灵就不会孤独
让我们
珍惜朋友
珍惜
我们生命中的绿洲

2020 年 10 月 23 日于重庆

醉 歌

观看友人《满天的花满天的云》《黄河水绕着准格尔流》演唱视频后即兴而作。

哥哥听着妹妹的歌
句句戳心窝
妹妹的样子在眼前
想死你的哥哥奈若何
妹妹的模样在心里
哥哥我永远难忘却

2020 年 12 月 4 日于西安咸阳国际机场

读《老旦》致朱佩君女士

这是执着的老旦

这是不屈的老旦

这是敢拼的老旦

这是纯粹的老旦

这是有情有义的老旦

这是敢作敢为的老旦

这是追求崇高的老旦

这是梦想成真的老旦

这是不是主角胜似主角的老旦

这是艺术精湛人生精彩的老旦

这是不老的老旦

这是我心中美好的老旦

2020年12月9日于西安咸阳国际机场

第二辑

古 体 诗

观电影《高山下的花环》①有感

花环无数绕山间，祭奠英烈殉国难。
哭我梁三喜忠贤，悼我靳开来好汉。
炎黄子孙志不屈，华夏寸土岂容犯。
一樽苦酒献英灵，立志报国还夙愿。

1984年12月14日于丰镐路17号

注：①《高山下的花环》是根据李存葆的同名小说改编的一部影片，影片塑造了梁三喜、靳开来等一批个性鲜明的人物，反映了对越自卫反击战中战士们以保卫国家、保护人民安全为己任的高尚品质。

寻 路

一

宝贵时光已流去,无聊卑事愁更添。
忍看朋辈皆工作,只身空度夜阑干。
欲将负气回故里,于见乡亲情何堪?
一腔热血何处洒,用武之地我长安。

1986年9月4日于丰镐路17号

二

秋雨难知此心酸,绵绵不断愁更添。
家中父老空相望,孤守长安哪是边?
自古雄才多磨难,将临大任应自安。
青山岂能无梁栋,仰面笑天迎雪寒。

1986年9月8日于丰镐路17号

三

一杯浊酒洗惆怅,再斟三樽暖心房。
醉里挑灯空看剑,天生我才无用场。
可堪回首往昔事,难为青春写文章。
多读书籍多做事,历史教训永莫忘。

1986年9月8日于丰镐路17号

贺中华梨园诗社成立

霓裳盛世越千年,醉舞酣歌仰俊贤。
古律新辞音袅袅,阳春胜景燕翩翩。
梨园子弟风姿俏,梁苑朋俦异彩妍。
道合九州同结社,共拈雅韵染华笺。

1988 年 6 月于西安西关机场

无 题

初冬不望春,小巷少行人。
风雪一朝止,往来皆客宾。

1989 年 12 月 26 日于西安西关机场

山里人

挑着大山,赶着月亮。
耕耘艰辛,收获希望。

2000 年于广西南宁

长江第一湾

在昆明参加完《中国民航报》宣传工作会议,到石鼓镇①看长江第一湾。

石鼓镇前瞰大江,第一湾畔念儿郎。
神兵天降袭金水,可叹乌江项羽亡。

2001 年 6 月 1 日于石鼓镇

注:①石鼓镇,位于丽江古城西部,是历代兵家必争之地,因镇上有一面汉白玉雕刻的鼓状石碑而得名,石鼓相传是诸葛亮南征时期所立。金沙江到了石鼓镇后,形成了一个巨大的"V"形转弯,这一奇观被称为"万里长江第一湾"。

虎跳峡[1]

虎跳峡前看虎跳,惊涛拍岸谷崖摇。
千锤百炼犹坚韧,无数英雄竞折腰。

2001年6月1日于虎跳峡

注:①虎跳峡,位于云南香格里拉市虎跳峡镇境内,是万里长江第一大峡谷,横穿于哈巴和玉龙雪山之间,因猛虎跃江心石过江的传说而得名。

赠出租车司机

离开丽江时，回想起出租车司机热情周到的服务，遂赠诗以示谢意。

来时丽江雨蒙蒙，去时丽江情萦萦。
都说丽江风光好，哪比金妹情意浓。

2001 年 6 月 2 日于丽江

柞水溶洞[①]

一步一重别有天,人间仙境不虚传。
天工巧剪万千态,妙境谁人不惊叹。

2002 年 4 月 5 日于柞水

注:①柞水溶洞,位于陕西省南部秦岭山中的商洛市柞水县城南,被誉为"北国奇观"和"西北一绝"。

木王山杜鹃花①

商洛名城数镇安,木王风景更娇妍。
杜鹃十里红如火,堪称长安后花园。

2002年4月6日于镇安

注：①木王山杜鹃花,即陕西镇安县木王山杜鹃花,是北方最大的杜鹃林带,也是北方地区规模最大、海拔最高、保存最完整的乔木杜鹃林。

开元宾馆

夜宿镇安县城开元宾馆，临街嘈杂声四起，通宵未眠。

开元宾馆临街建，独领风骚在镇安。
服务热情设施好，可惜嘈杂难入眠。

2002 年 4 月 6 日于镇安

第二辑 古体诗

商洛行

从商洛回西安途中车行至秦岭最高处,突然漫天飞雪。

时值清明商洛行,欢歌笑语载征程。
一重山水一幅画,一日历经四季景。
先睹人间仙人洞[①],再留十里杜鹃情[②]。
喜观秦岭漫天雪,回首岭南春正浓。

2002年4月7日于秦岭之巅

注:①仙人洞,指柞水溶洞。
②杜鹃,指镇安县木王山杜鹃花。

观新疆军区歌舞团演出

轻歌曼舞表心声,观众演员乐共鸣。
莫道新疆山水好,多少相思是乡情。

2002 年 4 月 13 日于西安

武夷山

飞流直下水帘洞①，碧波竹排九曲②行。
玉女③大王④长守望，击水峡谷见英雄。

2002年5月2日于武夷山

注：①水帘洞，武夷山风景名胜。
②九曲，即九曲溪，武夷山风景名胜。
③玉女，即玉女峰，武夷山风景名胜。
④大王，即大王峰，武夷山风景名胜。

长安感怀

十载寒窗苦用心,布衣子弟跃龙门。
回望长安家何在?历尽万难终有根。
人道学商从业好,改行矢志作斯文。
励精图治新天地,美梦人生可成真。

2002年元月25日晨于高科花园

黄果树瀑布

远闻雷鼓响云天,近看瀑流崖顶悬。
山色空蒙烟雾渺,横空出世挂珠帘。

2002 年 6 月 21 日于贵州黄果树瀑布

龙　宫

　　在贵州安顺游龙宫时，同船的导游临兴而唱的一支情歌，美妙绝伦，深深地打动了我。

　　山有龙宫洞有仙，泛舟山涧画相连。
　　人间多少烦心事，一曲情歌飞九天。

2002 年 6 月 21 日于安顺

乌江随感

才饮飞天酒,又食乌水鱼。
红军皆勇士,吾辈自当趋。

2002 年 6 月 22 日于乌江

遵 义

山披云锦无须画,水似琴声自有弦。
千载古城多胜景,英雄遵义更无前。

2002 年 6 月 22 日于遵义

黔　灵[①]

旭日照黔灵，四周林气清。
尘心渐寂静，溪水鸟鸣声。

2002 年 6 月 23 日于黔灵

注：①黔灵，即黔灵山，位于贵州省贵阳市云岩区，被称为"黔南第一山"，以其山幽林密、湖水清澈而闻名全国。

漓　江[1]

碧波萦绕险峰间，百里画廊风景妍。
初到桂林相识浅，只缘云雨锁江山。

2002 年 6 月 24 日于漓江游船上

注：[1]漓江，桂林市漓江景区，位于广西壮族自治区东部，是世界上规模最大、风景最美的岩溶山水游览区之一。

桂林市中心公园

皓月当空,风清景明。
长龙静卧,未雨何虹?

2002 年 6 月 24 日晚于桂林

岳麓书院[1]

南域星城[2]依碧山，恢宏学府坐其间。
风流人物时时有，朱子理学代代传。

2002 年 6 月 26 日于岳麓书院

注：①岳麓书院，坐落于长沙湘江西岸的岳麓山脚下，是世界上最古老的学府之一，也是中国历史上"四大书院"之一，为中国现存规模最大、保存最完好的书院建筑群。
②星城，指长沙。

张家界

黄石寨①上奇峰险，金鞭溪②谷不见天。
第一桥③边许夙愿，后花园④里览幽兰。
神堂湾⑤畔云飞渡，御笔峰⑥犀冲宇寰。
仙女献花⑦慰烈士，天子山⑧头敬先贤。

2002 年 6 月 28 日于张家界

注：①②④⑤⑥⑦⑧黄石寨、金鞭溪、后花园、神堂湾、御笔峰、仙女献花、天子山都是张家界景区的重要景点。

③第一桥，即天下第一桥，是张家界景区的重要景点。

由宜兰回台北途中

在宜兰参观旺旺集团后,回台北途中所作。

暮色苍苍看大洋,水天一色两茫茫。
孤帆远影依山近,应是艄公鱼满舱。

2002 年 7 月 26 日于台湾

无 题

卅九年来倍克勤,常怀赤子报国心。
几经风雨方知事,利禄功名若浮云。

2002年9月6日于高新一路4号

敦 煌

敦煌之韵在鸣沙[①],秀美鸣沙看月牙[②]。
雅丹地貌惊世界,飞天神话世人夸。

2002 年 9 月 19 日于敦煌

注:①鸣沙,即鸣沙山。
②月牙,即月牙湖。

鸣沙山

月亮挂天边,风动鸣沙山。
游人何所醉?笑问月牙泉!

2002 年 9 月 19 日于鸣沙山

到旬阳坝[1]

山高路险沟深,林密叶红秋临。
吾辈身肩使命,扶贫帮困济民。

2002年11月7日于旬阳坝

注:[1]旬阳坝,即陕西省宁陕县旬阳坝镇,是西部机场集团的扶贫点。

题《青年园地》

马蹄声远去,羊角兀然来。
若不负光阴,自当成大才。

2003 年元月 20 日于高新一路 4 号

心中那抹绿

密云记忆

　　在北京参加民航第十四期中青班培训期间，和同学去长城途中经过密云，想起十年前在密云参加中国民航总局举办的通讯员培训班时，由于连续熬夜改稿，突然生病，得到一位服务员十分细致贴心的帮助。

　　京华春色美如锦，更喜密云柳色新。
　　人面不知何处去，十年常忆好心人。

2003 年 4 月 19 日去长城途中

登长城

初登长城八九年,人生一梦喜得圆。
纵然关外秋风劲,有君相伴心里甜。
二上长城九四年,友携爱子与吾伴。
烟云往事悄然去,唯记山花红烂漫。
今上长城情意牵,高歌一路笑开颜。
同学友谊百年久,莫负人生几度欢。

2003年4月19日登长城回京途中

贺徐长林[①]出嫁

徐长林丈夫名治林,婚礼现场应邀致贺辞时即兴而作。

阳春三月风光美,庆贺二林结伉俪。
连理枝头龙凤鸣,夫妻恩爱双比翼。

2006 年于西安

注:①徐长林,西安咸阳国际机场安检站员工。

贺白京勤①先生五十三岁生日

书坛有了白京勤,古意长安人事新。
神笔一支谁与共,双馨德艺乃独尊。

2006 年 8 月 12 日于西安

注：①白京勤,书法家。

谒司马迁墓

去合阳悼念同事胡少龙母亲,归途专程前往司马迁墓凭吊。

少小常闻太史公,今瞻祠堂仰英名。
人生莫道艰苦事,《史记》文章万代铭。

2006年8月24日于司马迁墓

贺韩彬①娶亲

在婚礼现场应邀致贺词时即兴而作。

瑞雪纷纷兆祥和，张灯结彩满庭歌。
天仙配里绝非梦，缘自人间有爱河。

2006年11月25日于西安

注：①韩彬，西安咸阳国际机场安检站管理人员，其妻名张婷。

无 题

二谋原则[①]指方向,实践科学发展观。
五个统一[②]兴伟业,空中丝路起长安。

2007年2月6日于西安咸阳国际机场

注:①② "二谋原则" "五个统一" 是西部机场集团企业文化的重要内容。

致友人

短信含墨香,墨香情意长。
人人都贺岁,我送大吉祥。

2007年春节于高科花园

巡视机坪围界

与同事余渊、栾海瑕巡视西安咸阳国际机场机坪围界。

天黑风急雪飘,巡视围界依旧。
空港夜色虽美,不及战士情愫。

2007 年 2 月 27 日晚于西安咸阳国际机场

贺李娜^①出嫁

在李娜婚礼现场应邀致贺词时即兴而作。

空港搭成友谊桥,彩虹连接你和他。
春光无限春风暖,春景最妍数李娜。

2007 年 4 月 28 日于咸阳

注:①李娜,西安咸阳国际机场安检站员工。

赠友人

巴蜀女儿来古城,法门拜罢谒乾陵。
几多心意几多爱,自古佳人总重情。

2007 年 4 月于西安

贺杨丽娜①出嫁

在参加杨丽娜婚礼的路上,遇见五对新人,但总觉得同事杨丽娜是最美的,在婚礼上应邀致贺词时即兴而作。

最是一年春好处,青春杨柳伴苍梧。
佳人十里长安路,远看近瞧皆不如。

2007年5月2日于西安

注:①杨丽娜,西安咸阳国际机场安检站员工。

咏 梅

一

独立精神未有伤,愈难愈斗愈坚强。
每临夜半身心静,犹见梅花傲雪霜。

2007 年 6 月 14 日于高科花园

二

寒梅怒放黄河岸,经历风霜与雪寒。
哪管赤橙青与紫,只将春意送人间。

2007 年 6 月 20 日于高科花园

第二辑 古体诗

赞权小红老师

一

烈日炎炎授业急，教儿夜夜少休息。
我将感念寄明月，心意直飞雁塔西。

2007 年 7 月 10 日于红专路

二

生在耀州名小红，学出师大业附中。
爱生重教人称赞，独秀一枝名古城。

2007 年 7 月 15 日于红专路

邓平寿[①]事迹报告会感怀

邓平寿事迹报告团来陕在曲江宾馆做事迹报告。

着意为民轻名利，心心念念是乡情。
青史留名传万世，好人好报有传承。

2007年7月17日于曲江

注：①邓平寿，生前任重庆市梁平县虎城镇党委书记，2007年2月2日积劳成疾病逝。

与友人游太平峪

溪水潺潺向长安，幽幽曲径绕山间。
躬身背负青锋剑，举目瀑布挂前川。
一路顽童生妙趣，乌发淑女乐开颜。
太平无限风光好，倩女俊男笑语欢。

2007 年 7 月 22 日于红专路

伯衍先生习书两周年

　　周伯衍先生习书两周年纪念日,应邀与白京勤先生等共进晚餐,即兴而作。

闻道两年前,时时未敢息。
漫漫求学路,功成应如期。

2007 年 7 月 23 日于西安

第二辑 古体诗

赴青海慰问

偕玉树机场建设者家属赴青海慰问。

正值八月艳阳天,公司家属来支前。
未下舷梯急呼喊,候机楼前俱欢颜。

2007 年 8 月 1 日于西宁

由西宁到贵德

沿途翻拉脊山（海拔3820米），穿越丹霞地貌，过贵德黄河大桥，登贵德玉皇阁。

一

拉脊山顶朔风寒，地貌丹霞态万千。
天下黄河贵德清，玉皇仙阁刺云端。

二

穿过火焰山[①]，黄河银浪翻。
绿洲连四野，疑是到江南。

2007年8月1日于贵德

注：①距贵德县城大约45分钟车程的地方，山峦起伏、山色斑斓，呈红、黄、蓝、褐色，可谓五光十色，颇似"火焰山"；山态万千，天工巧夺，又似敦煌莫高窟。

登日月山

忆父亲当年为家中生计远赴青海翻越日月山到格尔木,仰文成公主为民族团结远嫁松赞干布之义举,心潮难平,百感交集。

山前伫立思先贤,慈父当年苦万般。
汉藏一家兄弟睦,文成美誉古今传。

2007年8月2日于日月山

游青海湖

乘舟踏浪二郎剑[①],湖水汤汤连碧天。
灿灿黄花开四野,悠悠云彩挂山巅。
空中飞鸟绝踪迹,水里湟鱼游眼前。
微风拂煦多惬意,满船老少笑开颜。

2007年8月2日于青海湖游船上

注:①二郎剑,即青海湖二郎剑风景区,系乘船登临处。

二炮实验楼

在西安灞桥二炮学院实验楼项目工地慰问建设者即兴而作。

万丈高楼平地起，机场建设树丰碑。
军民合作建功业，灞柳依依情谊真。

2007年9月3日于二炮学院

贺伯衍先生四十五岁生日

　　书法家周伯衍先生生日,与白京勤、吴周虎先生等同贺。

　　根在南山芒水间,功成名就立长安。
　　风流倜傥志高远,美人江山常笑谈。

2007 年 9 月 5 日于西安

由西宁往玉树途中

  乘车由西宁前往玉树途中翻越海拔 4824 米的巴颜喀拉山，太阳高照，雪花飘飘。

    穿行峻岭中，人迹杳无踪。
    烈日寒风伴，白云映雪峰。

          2007 年 9 月 12 日于青海

赞玉树机场建设者

在玉树机场建设工地召开座谈会时,为建设者即兴而作。

莽莽草原风力雄,横空出世架长虹。
谁持彩练当空舞,建设男儿不世功。

2007年9月13日于玉树

由玉树回西宁途中

　　乘车由玉树返回西宁途中，晚约 7:30 车坏在河卡镇北约 30 公里处，此处距西宁 200 多公里，黑夜沉沉，无手机信号，又冷又饿，拦车数次，皆无人敢停，后拦一小车让骆新峰同志搭车到共和县城向西宁打电话求救。苦等至凌晨 2:00 左右，青海机场建设指挥部金攀龙等同志一行赶到，回到西宁指挥部已是清晨 6:00 左右，擦把脸即乘 7:15 的航班回西安。

一

　　长空蓝蓝，白云淡淡。
　　雪山皑皑，牧场青青。
　　牛羊群群，湖水莹莹。
　　天路漫漫，心灵空空。

二

　　月儿弯弯，繁星点点。
　　静夜沉沉，万籁寂寂。

2007 年 9 月 15 日于青海

国庆致友人

秋风起渭水,爽意满长安。
岁岁好时节,祈福祝平安。

2007 年 10 月 1 日于高科花园

第二辑 古体诗

与友人登卧佛寺[①]

卧佛寺里求功名,祝愿孩儿金榜登。
只要心中存远志,长空万里任驰行。

2007年10月5日于卧佛寺

注:①卧佛寺,位于西安秦岭北麓青华山山顶,始建于唐朝武德初年(618年)。

夜　遇

深秋时节雨纷纷，财院巧遇夜归人。
借问操场在何处，同学引至校园深。

2007 年 10 月 8 日于红专路

贺陈科①娶亲

在婚礼上应邀致贺词时即兴而作。

盈盈瑞雪降秦川,陈科徐蕾喜结缘。
恩爱夫妻百年好,和谐社会谱新篇。

2007年12月9日于西安

注:①陈科,西部机场集团机场建设公司管理人员,其妻名徐蕾。

元旦致友人

新的一年,新的一天。
万事万物,要为康健。
许个心愿,祝君平安。

2008 年元旦于高科花园

贺姚付伟①娶亲

在婚礼上应邀致贺词时即兴而作。

杨家有女初长成,嫁与姚郎肝胆倾。
比翼齐飞程似锦,夫妻恩爱伴一生。

2008 年元月 6 日于西安

注:①姚付伟,西部机场集团机场建设公司员工,其妻名杨瑞涛。

致友人

雪花似梅降福祉,岁月如歌呈瑞祥。
问候一声春意暖,祝福万语送安康。

2008 年春节于高科花园

第二辑 古体诗

致友人

常宁宫中,红灯高悬。
歌舞升平,交觞碰盏。
娱乐适度,酒杯莫贪。
戊子伊始,好运相伴。
春风拂面,祝君万安。

2008年2月6日于高科花园

致友人

在家中看中央电视台的《新年新诗会》,遂发短信告知朋友同看,朋友回信息说父母正看电视剧《金婚》,家中只一台电视,她不能夺父母之爱。

《诗会》不看看《金婚》,双亲恰似正青春。
幸福长伴桑榆暖,欢度夕阳儿女心。

2008 年 2 月 10 日下午于高科花园

与友人赴太平峪赏雪

不恋繁华爱野风,驱车直往大山中。
银蛇飞舞春光好,人在雪中惬意行。
桃花园里行无忌,心中醉意妙情生。
夕阳喜看残雪照,相悦两心情更浓。

2008 年 2 月 12 日于太平峪

赞红琴

在西安易俗大剧院观看《梦回长安》,中国戏剧奖·梅花表演奖获得者周至老乡侯红琴在剧中扮王昭君。

家乡有女叫红琴,誉满梨园韵醉人。
傲雪梅花几度苦,长安圆梦再出新。

2008 年 2 月 20 日晚于西安

示 儿

离高考不到六个月,看到儿子晨起在镜前长时间打扮磨蹭,便心生焦急,遂写此句劝儿时不我待,分秒必争。

镜前勿久留,分秒莫闲悠。
金榜题名日,丑人亦风流。

2008 年 2 月 21 日于红专路

无 题

喜看春风今日起,一帘幽梦未空期。
枕边片刻如春梦,历尽人生无数奇。

2008 年 3 月 6 日于西安

无 题

相伴上学堂,红衣映脸庞。
低眉举首处,春意暖心房。

2008年3月8日于西安

赏桃花

与友人到终南山下桃花园共赏桃花。

青山绿野又春风,人面桃花相映红。
今日看花别有意,桃红不爱爱真情。

2008 年 3 月 31 日于终南山下

在父亲坟前

清明节与友人祭奠父亲。

菜花黄陌上,柳叶绿河边。
燕子声声里,相思年复年。

2008 年 4 月 5 日于下黄池

跑步者

矫健如羚羊,灿烂如日光。
问声娇美者,商州金凤凰。

2008 年 4 月 19 日晚于红专路

"5·12"地震

汶川发生八级地震,西安震感强烈。

山外是青山,川前还有川。
震雷惊华夏,合力渡难关。

2008年5月12日于西安西关机场

赞天水机场建设者

寒风凛冽不言冷,余震连连工未停。
麦积山下丰碑树,伏羲故里建奇功。

2008年"5·12"余震中于天水

第二辑 古体诗

致友人

一

此生难忘卅八载，远望西川恸地哀。
欲表心中无限意，天灾无奈总伤怀。

二

国殇之日，生日适逢。
地安死者，天佑生灵。
幸福何解，平安最重。
唯此为大，牢记心中。

2008 年 5 月 20 日于西港雅苑

固原机场建设有感

与同事薄树江、邱高峰等赴固原机场项目慰问,车行至泾源县境内遇暴雨、冰雹,下午约 3:00 抵达,看完建设现场遂在员工见面会上赋诗一,后又作二。

一

六盘山下沟横,黄沙漫卷西风。
建设男儿在此,空港指日可成。

二

六盘山下巨龙腾,遍地黄沙旗卷风。
科技攻坚除险阻,不教智叟笑愚公。

2008 年 7 月 19 日于固原

天水机场建设感怀

2007年12月8日，参加天水机场开工奠基仪式，仅八个月候机楼建成。

去年冬至日开工，今岁高楼大暑耸。
女子十月怀骄子，男儿八月建奇功。

2008年7月21日于天水

青海金银滩原子城感怀

2007年曾到过原子城。

两弹一星振国威,最怜将士忘家归。
金银滩苦三十载,奉献精神万众尊。

2008年8月20日于金银滩原子城

观《风雨老腔》

京调老腔同上演,清风一缕到梨园。
秦腔改革辟新路,后生奋起谱宏篇。

2008 年 9 月 30 日于西安

中秋致友人

一

月大月明月圆,情深情切情绵。
一声问候虽短,仅表寸心如丹。

二

秋风送爽,月满长安。
一声祝福,表达心愿。
您和家人,健康平安。

2008 年 9 月 14 日于高科花园

望 乡

金秋十月送寒衣,青海湖边芳草萋。
游子难圆归祭梦,长安跪望作三揖。

2008年10月29日(阴历十月一日)于西宁

圣诞在项目工地

与固原机场项目部同事在一起。

圣诞圣诞,团团圆圆。
同心同德,宏图可展。

2008年圣诞夜于固原

第二辑 古体诗

元旦致友人

新的一天,新的一年。
新的生活,新的期盼。
平平安安,康康健健。
至诚祝福,永岁永年。

2009年元旦于高科花园

寒 夜

梦醒时分月正高,窗寒更感世情薄。
人间自有烦心事,试问天宫可避嚣?

2009 年元月 15 日晚于高科花园

给建设公司同事拜年

时间如水,岁月似歌。
善待金牛,康康乐乐。

2009 年元月 23 日于高科花园

心中那抹绿

春节致友人

少小与牛为伴,长大方知牛性。
为人少点牛气,做事多些牛劲。

2009 年春节于高科花园

元宵节致友人

2008年岁末至2009年岁初，北方陕、豫、鲁、冀、晋及南方皖、湘等省大旱，国家启动一级抗旱应急响应，元宵节前夜西安降雨。

花灯绽放日，春雨润心田。
祈福元宵夜，牛年万事圆。

2009年元宵节于高科花园

和王芃先生

先生德艺乃双修,诗雅情浓意韵悠。
来日方长多赐教,学习前辈高追求。

2009 年元宵节于高科花园

赞安装机械同人

参加机场建设公司安装、机械分公司员工聚会即兴而作。

公司前程步步高,安装机械有功劳。
员工上下齐努力,建设英雄当自豪。

2009 年 3 月 13 日于西安

清明感怀

清明时节春已深,绿瘦红肥天地欣。

游子归乡寻记忆,捧着春色送亲人。

2009 年 4 月 4 日于下黄池

与周至中学84级5班同学聚会

廿五一别似昨天，同窗情谊种心田。
人生苦短长相聚，莫让春光负流年。

2009年5月1日于楼观台

致友人

疾风骤雨打窗棂,点点滴滴总是情。
君在南国身健好,病中夜夜梦相逢。

2009年7月13日于高科花园

游青海门源[1]

达坂山[2]中草木深,牛羊肥壮芸薹芬。
白云绿水相辉映,醉卧画中梦几回。

2009 年 8 月 31 日于门源

注:①门源回族自治县,位于青海省东北部,属海北藏族自治州,每年 7 月站在达坂山上看门源百里油菜花海,一望无际、蔚为壮观。
②达坂山,地处青海省大通与门源两县交界处,是青海通往甘肃的交通要道。

游青海察汗河[①]

骑马过河渡险滩,眺望西天取经难。
马童遥指大飞瀑,原是小溪织水帘。

2009年8月31日于察汗河

注:①察汗河,即察汗河国家森林公园,位于青海省大通县西北部,达坂山南麓宝库峡风景区内,是著名的避暑胜地。

游热水沟①

冒雨前往玉树热水沟,在一藏族同胞家里受到热情招待。

热水沟里有人家,牦牛藏獒把财发。
奶茶酸奶迎宾客,还有青稞与麻花。

2009年8月2日于热水沟

注:①热水沟,位于离玉树县结古镇45公里的巴塘乡政府南面,海拔约3900米,因沟中多温泉而得名。

巴塘草原[1]

芳草萋萋风景美,蓝天碧水青山翠。
青稞酒共奶茶香,醉卧毡房还要饮。

2009年8月2日于巴塘

注:①巴塘草原,地处青海省玉树藏族自治州玉树县巴塘乡。

贺权英祥先生六十六寿辰

传道育人品若兰,耀州四面美名传。
六十六载苦为乐,笑看桃李春满园。

2009 年 10 月 5 日于西安

致友人

北域仲秋凉气添,南疆小雪不觉寒。
冬至阳生春又来,不喜梅花爱水仙。

2010 年元月 7 日于西港雅苑

致机场建设公司全体同人

回首忆金牛,人人献计谋。
全员齐努力,效益创一流。
寅虎欣然到,时机切勿丢。
建设公司好,希望在前头。

2010 年元月 13 日于西港雅苑

致悦泰公司同人

参加悦泰公司迎春联欢会即兴而作。

迎虎辞牛春意浓,故交新友聚瑞成[①]。
欣祝悦泰大发展,祈愿年年业绩升。

2010年2月4日于西安

注:①瑞成,即瑞成名仕酒店。

在深圳亲戚家过年

正是南国春意浓,阖家欢聚在鹏城。
老人康健少勤奋,岁岁年年火样红。

2010 年 2 月 18 日于深圳蛇口

贺岳母大人七十大寿

风雨七秩年,远近皆称贤。
儿女家家好,祈愿寿比天。

2010 年 2 月 19 日于深圳

第二辑　古体诗

与机场建设公司员工联欢

元宵未过仍是年,基地员工早上班。
吃好喝足多攒劲,同心协力再扬帆。

2010年2月22日于西安咸阳国际机场

"三八"感怀

百年巨变话桑田,男女同撑一个天。
自信自强犹自立,复兴圆梦更争先。

2010 年 3 月 8 日于西港雅苑

与民航中青班同学相聚成都

在成都双流机场招待晚宴上即兴而作。

一去京华七载整,蓉城三月喜重逢。
人生苦短常相聚,半载同窗一世情。

2010 年 3 月 31 日晚于成都

心中那抹绿

映秀行

与民航第十四期中青班同学共赴汶川映秀镇,在中国西南航空公司招待晚宴上即兴而作。

地裂山崩天地动,家园被毁人丧生。
悠悠岷水千行泪,切切相期转眼空。
草木无情人有意,八方援建展新容。
小囊再解表心愿,祈我苍生万世宁。

2010年4月1日于映秀

赞机场建设公司篮球队

  西部机场集团建设公司篮球队与集团机关篮球队对决,特意从成都专程赶回西安为其加油,公司女篮以 5:6 败于机关队,与队员共进晚餐时即兴而作。

  顽强英勇有激情,虽败犹荣志亦雄。
  来日方长身手显,再圆梦想立奇功。

2010 年 4 月 2 日于西安

与机场建设公司青年登太平峪

雨后青山气自新,晨阳斜照秀深林。
耳边溪水和鸟语,仙境太平好动人。

2010年5月4日于太平峪

第二辑 古体诗

端午致友人

佳节端午到,艾叶伴粽香。
千载风俗在,年年呈瑞祥。

2010 年 6 月 16 日端午节于高科花园

答慰杜耀峰先生

泪水滔滔问后生,缘何都念生意经。
先生字字千钧重,妙语情真慰圣灵。

2010 年 6 月 16 日端午节于高科花园

赞同学富蹼岩

从中央电视台《新闻联播》看到民航中青班同学中国南方航空公司新疆公司总经理富蹼岩端午节驾机从吉尔吉斯斯坦接侨民顺利归来,以诗贺之。

西域邻国生战乱,万千游子盼团圆。
粽香不恋重仁义,破雾穿云解大难。

2010年6月16日端午节晚于高科花园

送友人赴美

疾驰只为送君行,四顾匆忙觅倩踪。
长笛一声肠欲断,仰天长叹眼蒙眬。

2010 年 7 月 31 日于西安

赞西部机场集团

终南裹素装,瑞雪降吉祥。
和合得天地①,业兴日月长。

2010年12月24日于东大疗养院

注:①"和合天地"是西部机场集团标识的寓意。

心中那抹绿

建设者赞

在西安咸阳国际机场北站坪项目[①]封仓仪式上即兴而作。

三十二万大机坪,奋战九月建奇功。
各路大军齐努力,二次创业争先锋。

2010年12月31日于西安咸阳国际机场

注:①北站坪项目面积32万平方米,从2010年3月开始施工到2010年12月底封仓历时9个月。

第二辑 古体诗

机场建设公司赞

虎王辞岁去,玉兔送春来。
效益逐年好,员工乐满怀。

2011 年新春于西港雅苑

正月十五

红灯耀彩,紫气东来。
年味犹在,春花早开。

2011 年元宵节于高科花园

第二辑 古体诗

清明感怀

又逢一岁阳春至,正是肝肠寸断时。
不必感怀千万语,未说三字汝当知。

2011年4月5日清明节于高科花园

贺杨莹[①]王会刚喜结连理

在婚礼上应邀致贺词即兴而作。

正是阳春三月天,杨莹会刚喜结缘。
夫妻恩爱百年好,比翼双飞好梦圆。

2011年4月8日于西安

注:①杨莹,西部机场集团机场建设公司员工。

游大明宫

同机场建设公司青年同游大明宫。

煌煌大明宫,几多梦亦空。
兴衰有定律,谁人敢独行。

2011年5月4日于大明宫

致友人

秋雨绵绵,感怀点点。
花香阵阵,问候连连。

2011 年中秋节于高科花园

欢迎孙绍强同学

巴山云雨风光好,渭水波涛情意长。
莫道蓉城秦地远,菊花岁岁两飘香。

2011 年 9 月 22 日于西安

贺杨玲玲[①]徐峰喜结良缘

在婚礼上应邀致贺词即兴而作。

天高云淡秋光美,花好月圆犹醉人。
天作玲峰双比翼,夫妻恩爱永相随。

2011 年 10 月 2 日于西安

注:①杨玲玲,西部机场集团机场建设公司员工。

贺王新仓先生《大唐纪事》演出成功

应"中国戏剧奖·梅花表演奖"获得者王新仓先生之邀，携夫人延红在陕西省戏曲研究院大剧院观看大型历史剧《大唐纪事》，新仓先生在剧中饰演李世民。

丽日长安秋似锦，大唐纪事客盈门。
名君世民千古帝，同赞新仓艺入神。

2011年10月7日晚于西安

致周伯衍先生

见《华商报·大家解码周伯衍》专版即兴。

大家解码周伯衍,伯衍美书亦大家。
百尺竿头犹上进,翰林万卷乐年华。

2011 年 11 月 25 日晨于西港雅苑

新年致友人

祥龙瑞雪好年份,短信祝福情意深。
祈愿新年光景好,健康快乐葆青春。

2012 年元月 22 日于高科花园

答张迈曾先生

感谢仁兄常惦念,情深义重胜桃园。
人生五味皆尝遍,四季如春心坦然。

2012 年 4 月 30 日于西港雅苑

赴包头、呼和浩特感怀

一

莽莽阴山下，滔滔南海[①]边。
钢铁巨龙舞，鹿城[②]踞草原。

二

昭君陵墓[③]草青青，风送琵琶琴瑟声。
一曲情缘天地动，汉匈和亲传美名。

三

茫茫草地雨蒙蒙，信马由缰乐融融。
山上敖包情未尽，蒙包欢聚酒歌浓。

2012年8月25日草于包头，26日改于呼和浩特

注：①南海，位于包头城区东南，素有"塞上西湖"

之美誉。

②鹿城,即包头,包头源于蒙古语包可图,意为"有鹿的地方"。

③昭君陵墓,位于呼和浩特市南郊。

塞上秋夜

塞上秋来风景异,残阳如雪霜铺地。
悠悠长夜入眠难,谁人痴情谁人醉。

2012 年 10 月 19 日夜于榆林机场

贺王庆①浩博喜结良缘

在婚宴上应邀致贺词即兴而作。

二人塞上结良缘，千里迢迢一线牵。
昔日昭君承重任，今天王庆意绵绵。

2013年元月19日于榆林

注：①王庆，榆林机场员工，咸阳市人。

第二辑　古体诗

致友人

您若开心,便是我愿。
您若平安,便是春天。

2013年2月2日于榆林机场

上元节塞上致友人

小巷大街锣鼓喧,候机楼上彩灯悬。
谁知塞上游人意,每遇佳节思故园。

2013年元宵节于榆林国华

第二辑 古体诗

上元节致家人

塞上秧歌鼓,灯悬如星繁。
春来寒未尽,夜夜念团圆。

2013年元宵节于榆林国华

给新入职员工刘和雨

榆林话里瓮声重,听到总觉鼻不通。
和雨省城习五载,乡音虽改情亦浓。

2013 年 2 月 28 日于榆林机场

有感于榆林风沙

　　晨起榆林机场沙尘弥漫,赴榆林市区开会,路边的戈壁滩上风卷黄沙,市区大街上一片狼藉。

　　昨夜风和星灿,今朝沙土弥漫。
　　祝福塞上明珠,不再随时变脸。

2013 年 2 月 28 日于榆林

读李星老师《危机四伏的樱镇世界》

读《读书》2013 年第 3 期李星老师文章《危机四伏的樱镇世界》有感。

《带灯》①名著众人读，又有几人解春秋。
"樱镇世界"担大义，"危机四伏"为国忧。

2013 年 3 月 20 日于榆林机场

注：①《带灯》，茅盾文学奖获得者、著名作家贾平凹老师的长篇小说。

第二辑 古体诗

无 题

梦中一树梅，悦目又欢心。
能解梅之味，古今有几人？

2013年3月23日晨于榆林机场

闻儿子通过雅思考试

一

春雷报喜自长安,儿子雅思终过关。
前路迢迢应奋进,还须快马再加鞭。

2013 年 3 月 27 日午时于榆林机场

二

长辈嘱托记心间,人生路上戒偷闲。
奋发勤勉为正道,海外求学再扬帆。

2013 年 3 月 28 日于榆林机场

附:

雅思过关从头越,留学道路不平坦。
世上难事尽克服,只有恒心才实现。

2013年3月28日岳父大人于西安贺廉子通过雅思考试

虎子雅思过了关,亲朋好友喜开颜。
跨进留学之门槛,新的学业更艰难。
只要立志勤奋斗,一切困难皆滚蛋。

2013年3月29日岳母大人于西安贺廉子通过雅思考试

赴宁夏机场对标学习

从榆林赴宁夏机场对标学习,在宁夏机场举行的晚宴上即兴而作。

蒙蒙细雨落银川,一片绿云铺眼前。
先进标杆何处觅,宁夏机场不虚传。

2013年5月18日于银川

致儿子

儿子廉子赴英国读研，7月5日家人聚会送行时即兴而作一，7月11日给已到达英国莱斯特大学的儿子发微信作二。

一

吾儿要远行，临行细叮咛。
安全为首要，做事三思行。
健康靠锻炼，关键贵有恒。
生病早就医，切莫观望等。
与人和谐处，交友要慎重。
亲朋常问候，音讯天天通。
学习要抓紧，使命记心中。
莫忘中国人，为筑中国梦。

2013年7月5日于西安

二

高考不畏艰，雅思不畏难。
留学有险阻，苦战能过关。

2013 年 7 月 11 日于榆林机场

与民航中青班同学聚会长春

在晚宴上即兴而作。

京华共度已十年,再聚春城心里欢。
莫道世情多冷暖,同学友谊总绵延。

2013 年 9 月 13 日于长春

长白山天池[①]

长白山上雾茫茫,难辨天池啥模样。
正在游人失望时,云开雾散神池靓。

2013年9月14日于长白山

注:①长白山天池坐落在吉林省东南部长白山自然保护区内,其池水的海拔高度为2189.1米,被誉为"海拔最高的火山湖"。

锦江峡谷[①]

锦江峡谷好风光,林秀山青花草香。
空气清新润肺腑,人间此处是天堂。

2013 年 9 月 14 日于长白山

注:①长白山锦江大峡谷位于吉林省白山市抚松县,是我国规模最大的火山岩区峡谷地貌。

中秋致友人

中秋月圆,许个心愿。
平安健康,一生相伴。

2013 年 9 月 19 日于榆林机场

闻李艳女士新闻作品获奖

陕西日报社李艳女士新闻作品获陕西新闻奖二等奖，即兴而作以祝贺。

欣闻作品获银奖，辛苦耕耘终有偿。
百尺竿头犹进步，笔耕莫忘体康强。

2014年8月21日于榆林机场

读李艳女士《行走在我的城市》

读李艳女士发表在《陕西日报》上的《行走在我的城市》一文回赠诗。

走路健身不平常，且行且看任徜徉。
一举二得真美事，强了筋骨写华章。

2014 年 8 月 23 日于榆林机场

短 秋

夜来风骤起，黄叶满天飞。
才赏秋天景，又觉寒气吹。

2014 年 9 月 4 日晨于榆林机场

致在英国读研的儿子

人生没有回头路,关键之处就几步。
赢得机遇靠平时,勤学敏思善吃苦。

2015 年 2 月 14 日于榆林机场

致榆林机场员工

公司大发展,个个有功劳。
马岁重重喜,羊年步步高。

2015年2月28日于榆林机场

鹏城遇刘斌先生

  与来深圳的刘斌先生全家及同行诸友聚会即兴而作。

  马去雄风在,羊来福气生。
  故交与新友,情谊总长青。

2015 年春节于深圳

致榆林机场运输服务部、机场部员工

参加榆林机场运输服务部、机场部员工迎春联欢会时即兴而作。

骏马匆匆去,绵羊悄悄来。
运输机场部,相聚乐开怀。

2015 年 2 月 28 日于榆林机场

心 灯

正月十五闹花灯,盏盏花灯分外红。
天上爹娘祝安好,儿掌心灯为照明。

2015 年 3 月 4 日于榆林国华

致李晴晴女士

一

皖北有女名晴晴，北漂打拼在京城。
善良聪慧人缘好，事业爱情满堂红。

2015 年 8 月 20 日于榆林机场

二

父母住皖北，女儿在京城。
中秋圆月日，遥望情更浓。

2015 年 9 月 19 日于榆林机场

贺卜宏平娶亲

西部机场集团航空地勤公司员工卜宏平,其妻是他的山西老乡,初中、高中同学。宏平在沈阳上大学,其妻在西安上大学,二人在西安求职并安家。

寒窗十载结姻缘,故里同学命运连。
秦晋奔波相挂念,长安比翼梦终圆。

2016 年 8 月 13 日于西安

游云台山[①]

直线距离二十米，蛇形排队一小时。
看山容易进山慢，原是峡谷人如织。

2017年10月5日于云台山

注：①云台山，位于河南省焦作市修武县境内，是一处以太行山岳水景为特色，以峡谷类地质地貌景观和历史文化为内涵，集科学价值和美学价值于一身的科普生态旅游景区。

成都行

一

蓉城[①]小雨润如酥,夜色近看环境幽。
最是一年春好处,可惜挚友未同游。

2018 年 4 月 24 日于成都

二

都江古堰[②]固若磐,波涛浩渺润西川。
李冰功绩难磨灭,一代美名千古传。

2018 年 4 月 24 日于都江堰

三

游览休闲数建川,一馆珍藏非等闲。

说尽沧桑无限事,留得真情在世间。

2018年4月24日于成都建川博物馆③

注:①蓉城,即成都。

②都江堰,位于成都市都江堰市城西,坐落在成都平原西部的岷江上,为秦昭王后期(约公元前276年至251年),蜀郡守李冰组织人民所建,是当今世界年代最久远、唯一留存、以无坝引水为特征的宏大水利工程,是世界文化遗产、世界自然遗产重要组成部分。

③建川博物馆,位于成都市大邑县安仁镇。

刘公岛①二首

一

一觉醒来五点钟,红光一片照窗明。
推窗细看方知晓,岛上太阳早已升。

2018年4月25日于威海

二

甲午战争国落难,刘公岛上有遗篇。
中华唤起复兴梦,民富国强坚似磐。

2018年4月26日于刘公岛

注:①刘公岛,位于山东半岛东南端威海湾湾口,在国防上有着极其重要的地位,素有"东隅屏藩"和"不沉的战舰"之称。

成山头[①]怀古

威海之东望远丘,秦皇误作天尽头。
今人改名好运角,实则幸福靠追求。

2018 年 4 月 27 日于成山头

注:①成山头,位于胶东半岛荣成市成山山脉最东端,故而得名"成山头",是中国最早看见海上日出的地方,被誉为"太阳启升的地方",又被称为"中国的好望角"。公元前 219、前 210 年,秦始皇曾两次驾临此地,拜祭日神,遍求长生不老之药,称这里为"天之尽头",丞相李斯手书"天尽头"。后历代帝王均有成山头拜日之举。今人为求吉祥之意,在此立碑"好运角"。

重登蓬莱阁[①]

回忆二十七载前,蒙蒙细雨访八仙。
忽然海市蜃楼现,惊见蓬莱现大观。
故地重游春日暖,桑田沧海换新颜。
渤黄二海相分处[②],黄海不黄一片蓝。

2018 年 4 月 29 日于烟台

注:①蓬莱阁,位于山东省烟台市蓬莱区,是一处古建筑群,素以"人间仙境"著称于世,其"八仙过海"传说和"海市蜃楼"奇观享誉海内外。
②此句写的是黄海、渤海分界线,站在蓬莱阁田横栈道的尽头,举目北望,一条黄蓝相间的"S"形弧线,左为渤海,右为黄海,因潮汐、波浪和色彩之差异而泾渭分明,可谓世界奇观。

重游栈桥[①]

红房绿树栈桥边,碧海蓝天忆旧年。
二十八载恍如梦,海纳百川天地宽。

2018年4月30日于青岛

注:①栈桥,位于青岛市市南区,地处青岛湾北侧,素有"长虹远引"之誉,是青岛市最具代表性的城市地标之一。

致友人

一

长安细雨柳青青,我的太阳七丘城①。
西边日出东边雨,道是无晴却有晴。

2019年7月18日于西安咸阳国际机场

二

双喜临门,大吉大利。
翘盼凯旋,举杯齐眉。

2019年7月23日于西安咸阳国际机场

注:①七丘城,是意大利首都罗马的别称,由于它建在七座山丘之上,故被称为"七丘城"。

七夕感怀

鹊桥横渺渺,千古梦悠悠。
若是情美美,心中总柔柔。

2019年8月7日于西安咸阳国际机场

汉　江[①]

滔滔汉水向东流，卅六年前百姓忧。
大禹功德传万代，喜看今日绿江头。

2019年8月13日于安康

注：① 1983年安康发洪水，水淹全城，安康市的学生被疏散安置全省各学校，我的母校周至中学是安置学校之一，我们班上安置了两名同学。

第二辑　古体诗

第一场雪

帘外飘初雪，魂牵梦故交。
送君千万片，片片似火烧。

2019 年 11 月 24 日于海珀香庭

独 坐

窗前独坐看飞雪,且品狮头柑①入微。
片片雪花添爽意,狮头柑瓣润心扉。

2019 年 11 月 24 日于*海珀香庭*

注:①狮头柑,是柑橘类一个稀有天然橘柚杂交品种,分布于汉江旬阳段流域部分山地。因其状如石雕狮子疙疙瘩瘩的"狮头"而得名。

致友人

京华雨巷孕春芽,身在长安心在涯。
每忆当年情似火,绵绵友谊梦中夸。

2020年12月4日于西安咸阳国际机场

题牛年春乡友聚会

与众乡友及后生相聚。

老牛不望比马快,但愿春回燕子归。
群贤曲江齐欢聚,共祝周至有后昆。

2021 年 2 月 17 日于曲江

致朱鸿①兄

帮助朱鸿之子平安回国,朱鸿兄致谢,遂作此诗回复。

人生路上几多忙,兄弟情深相互帮。
肝胆相照不言谢,同舟共济走八方。

2021 年 4 月 10 日于海珀香庭

注:①朱鸿,陕西省作家协会副主席,陕西师范大学文学院教授。

致友人

霜染青丝两鬓斑,深情依旧似当年。
历经风雨与冰雪,最美人生是眼前。

2021 年 5 月 31 日于高新一路 4 号

第二辑　古体诗

送张立兄退休

生于蓝田，学在渭南。
成于陕报，宏图大展。
文化运筹，绝非一般。
工书善画，人皆称赞。
光荣退休，春之开端。
美好生活，时时相伴。

2022 年 3 月 5 日于西安

送陈朝平先生回川

去年此地喜相逢,今日惜别热泪倾。
曲江池水三千尺,不及嫂兄待我情。

2022 年 5 月 17 日于西安曲江

第二辑 古体诗

高考有感

人生如赛跑，耐力看谁高。
不在跑得快，重在少摔跤。

2022 年 6 月 27 日于高新一路 4 号

"诗意蓝城"元宵诗会有感

癸卯立春到礼泉,蓝城诗意正盎然。
水光潋滟晴更好,牧野长歌①福满园。

2023年2月4日于礼泉蓝城·牧野长歌生活馆

注:①牧野长歌,即"牧野长歌"开发项目。

《心中那片海》研讨会①感怀

研讨《心中那片海》，京城名士慨然来。
悉心领悟大师论，洗耳恭听贤者裁。
五秩初圆文学梦，今朝稍慰著书怀。
痴情不改此生志，文养天年乐矣哉！

2023 年 3 月 19 日于北京

注：① 2023 年 3 月 19 日，由中国散文学会主办、中国民航报社协办、中国民航管理干部学院承办的廉涛作品《心中那片海》研讨会在京举行。

民航中青班同学二十周年聚会抒怀

一

荏苒时光忽廿年，同学情意藕丝连。
纵然角色时常变，远近高低一线牵。

二

举杯畅饮喜相逢，音貌当初已不同。
燕山①农庄说旧事，长城脚下乐融融。
在岗仍需勤勉力，退休潇洒夕阳红。
无论天南与地北，平安健康总关情。

2023 年 7 月 1 日于北京燕山

注：①燕山，位于北京房山区西南部。

贺张立兄乔迁之喜

曲江池上紫烟漫，中海珀宫车马喧。
鼓乐爆竹人攒动，福临张府喜乔迁。

2023 年 11 月 14 日于曲江

第三辑

撷句

第三辑 撷句

三晋是宝地，
处处是商机。

    2000 年于山西

丽日阳春正三月，
人生好梦几多年。

    2007 年 3 月 24 日于西安

人逢佳节倍思亲，
思亲更念赐福人。

    2007 年 10 月 1 日于西安

月是今夜好，
情是中秋浓。

    2008 年中秋于西安

千里共明月，
遥遥贺中秋。

    2008 年中秋于西安

祝福不仅此刻而是永远，
感念不是一时而是一生。

    2009 年春节于西安

牵念不仅今生还有来世,
祝福不仅此刻而是永远。

2009 年春节于西安

金牛赐福,
平安永年。

2009 年春节于西安

银鼠辞旧岁,
金牛迎新春。

2009 年春节于西安

春雨无眠点点情,
桃花有意夜夜心。

2009 年 4 月 10 日于西安

采一缕九天纯洁的云彩送给你,
捧一朵心中思念的浪花送给你。

2009 年 8 月 26 日于西安

采一朵天安门的祥云送给你,
捧一轮九天上的明月送给你。

2009 年国庆于西安

第三辑 撷句

牛启新春新气象,
虎生好运好年华。

　　　　2010年元旦于西安

新年新气象,
好运好时光。

　　　　2010年元旦于西安

地得清秋一半好,
心怀明月十分圆。

　　　　2010年9月22日于西安

都道深秋颜色好,
折来红叶与君行。

　　　　2010年国庆节于西安

十全未必都十美,
一信即能见真诚。

　　　　2010年10月10日10时于西安

大雪降瑞,
兔年呈祥。

　　　　2011年元月1日于西安

寅虎给力力盖世,
玉兔纳福福满门。

2011 年春节于西安

世园美景显风采,
满目春光秀靓颜。

2011 年 5 月 1 日于西安

国庆重阳两相会,
秋风花影意最浓。

2011 年国庆节于西安

龙舞终南雪,
燕鸣渭水春。

2012 年元月 22 日于西安

好雨知时节,
滴滴祝福声。

2012 年 3 月 8 日于西安

送一缕大漠秋风轻拂你的心田,
捧一颗塞外晨露滋润你的舌尖。

2012 年中秋于榆林

第三辑 撷句

大爱为知己,
真爱不言谢。

2012 年 11 月 25 日于榆林

满园金色当思来之不易,
收获季节总是心存感激。

2013 年 10 月 1 日于榆林

秋雨洗尘埃,
月自心中来。

2014 年中秋于榆林

细雨弄中秋,
人如月长久。

2014 年中秋于榆林

文本洁来人更洁,
一卷《素履》掩风流。

2015 年 8 月致榆林籍作家曹洁女士

梅花初放,
旭日盈门。

2016 年春节于西安

瑞气贯大地，
芳韵绵九天。
2016 年 6 月 30 日致西安市书法家协会主席石瑞芳女士

诗无好坏，
言志为优。
2019 年 11 月 12 日于西安

麦子终又再黄，
日子美在远方。
2021 年端午节于西安

后　记

去年初秋时节，我的散文集《心中那片海》出版。今年阳春三月，由中国散文学会主办、中国民航报社协办、中国民航管理干部学院承办的《心中那片海》研讨会在京举行。研讨会现场文学名家云集，阎晶明、高洪波、梁鸿鹰、李晓东、周明、石英、吴泰昌、王宗仁、叶梅、白烨、白描、李炳银、范咏戈、李朝全、陈涛、李舫、红孩、韩小蕙、周振华等著名专家、学者出席，陈彦发来贺信，与会专家、学者对作品给予了充分肯定。研讨会规模之大、层次之高，引起媒体广泛关注。《人民日报》《光明日报》《中国文化报》《中国艺术报》《文艺报》《中国民航报》、中国作家网等中央、省、市二十多家主流媒体或发布研讨会消息，或刊发评论文章。一些朋友看到后对我说："下一步该出诗集了吧！"

其实，诗集的整理工作要早于散文集，我写诗的时间也早于写散文。但我之所以先出版散文集，是因为心中打了一个"小算盘"，窃以为当下诗歌已远不如20

世纪八九十年代诗歌在国人心中的地位了，那是一个多么狂热的诗的年代啊！年轻人几乎人人都会背几句海子、顾城、北岛、舒婷、席慕蓉、汪国真的诗，即使老年人，也会被年轻人的诗情画意所感染，驻足聆听，会心一笑，甚至一起惬意诵读。要是找对象，说是喜欢文学，尤其是在报刊上发表过作品，那一定会被对方及其家人高看一眼。但时下，诗歌在文学中已是曲高和寡，出诗集后，又有几个人看几个人读呢？再说，对于现代诗的理解从来都是仁者见仁，智者见智。然而，散文就不同了，读者一读多半就明白，明白了就易产生共鸣，就易为读者所接受，"小算盘"打到此，我便决定先出版散文集，再出诗集。

关于写诗，最早最清晰的记忆可以追溯到五十年前我上小学三年级时。那是1972年夏日的一个夜晚，老家周至突降暴雨，距我家最近的（不到一公里）秦岭的一个峪——杏柿沟，山洪暴发，泥石流从杏柿沟一泻而下，漫过山下的干渠（黑河出山后向东的一条引渠），淹没了大片农田。我家房子的墙是用胡基（陕西方言，土坯）垒成的，东墙根有一条约两米宽的小溪由南向北流过，小溪里的水已漫过了渠，浸透了我家的东墙。全家人围坐在屋子中间的凉席上，父亲说："这雨要是下到后半夜，东墙就有泡塌的危险，家里就不能住了……"顿时，全家人一脸惶恐，该去哪儿呢？往哪儿逃呢？父亲说："准备好梯子，实在不行，就上门口的两棵白杨树（那是两棵老树，每棵树一个人是抱不住的）。"我对这突如其来的危险没有丝毫的害怕，父亲看我不吭声，问我在想啥，我说我写了一首诗，父亲笑了，家里人也都笑了。父亲说："那你说说。"我便大声朗诵起来："大雨降秦川，白浪滔天，千顷麦穗被水淹，一片汪洋都不见，农人谁怜？……"（后面的句子现在记不清了）父亲听罢，笑着说："还有些毛体诗的味道，毛主席的诗大气，要多读多背……"说罢，父亲话锋一转："上树的时候强娃（我的乳名）先上。"那时我们兄弟姊妹五人，我有两个姐姐、一个弟弟、一个妹妹，显然，这是父亲重男轻女的思想在作祟，也是父亲对我的偏爱。

在我儿时的记忆里，关于诗歌方面的书，家里有一本被撕掉开头的《唐诗三百首》，还有《毛主席诗词十九首》《雷锋之歌》。因为《唐诗三百首》是繁体字的版本，读起来很吃力，我便喜欢读《毛主席诗词十九首》《雷锋之歌》。但很快这两本诗集我都背会了，我只好一点一点地读《唐诗三百首》，不会的字就问父亲，用同音的字在旁边标注出来。父亲看我如此认真，对我说："熟读《唐诗三百首》，不会作诗也会吟。如果你把这本书能背下来，将来说不定还能当个诗人呢……"说罢，父亲翻到最后一篇《金缕衣》，给我大声读了起来："劝君莫惜金缕衣，劝君惜取少年时，花开堪折直须折，莫待无花空折枝"。并给我详细讲解了这首诗的意思，要我珍惜年少时光，好好读书……从小学到高中，写作文时，我常常会引用一些诗词，受到了老师的表扬。老师说，这起到了画龙点睛的作用，这自然愈加激发了我对诗词的热爱……

今天，当我把这些尘封了许久的记忆诉诸笔端时，我依然会为小时候对诗歌的痴迷而兴奋和激动。此后经年，诗歌从未离开过我，始终伴随着我，无论是求学还是工作，无论是居家还是旅行，无论是独处还是聚会，无论是平时还是节日，无论是快乐还是忧伤，无论是爱恋还是恨别……诗歌的情愫总会时时在我心中涌动着。于是，便有了这本小册子里对亲情的顾念，对友情的珍视，对爱情的吟唱，对故乡热土的眷恋，对壮美山河的礼赞，对生命真谛的顿悟……我深知这些小诗距离诗的美学要求尚有很大差距，尤其是古体诗，绝大部分都是即兴而作，没有认真考虑格律的要求，但我也深知，这一首首小诗是自己心的书写、情的流露、生命的诉说……再说，丑媳妇总是要见公婆的，我愿意将它呈现给读者，接受读者的检阅，倾耳细听读者的批评和教诲。

我要特别感谢陕西省诗词学会副会长、陕西省老年诗词学会常务副会长、《秦风》诗刊主编杨青云老师。2022年盛夏，当我把诗稿呈送给杨老师，请她审阅时，她不顾八十多岁高龄，不顾身体伤痛，坚持读完了诗稿，提出了许多宝贵的修改意见。

想法，他开心地说："好啊！"并事无巨细地帮我筹划起来。当我把研讨会上的发言稿请周老师过目时，他硬是把感谢他的许多话删掉了，我说这些都是我的心里话，周老师说："既然是心里话，那就放在心里吧！"

去年季夏，就在《心中那片海》即将付印前夕，我到贾平凹老师的书房，请他为我的书题写书名。贾老师看我一头的汗，用碗给我倒了一杯茶水说："天热，先喝口水。"然后对在座的人说："你们坐，我先写几个字。"随后带我上楼。写好字后，走下客厅，又有一拨人来了，我便告辞，他再三说："不急不急，再喝点水，再喝点水。"我和贾老师闲聊了片刻，看他实在太忙，便起身告辞，他又执意把我送到电梯口。

岁月清浅，感恩在心……

谨以这本小册子献给那些始终支持、帮助、鼓励、关爱、关注我的朋友、同事和亲人们，献给爱我和我爱的人。

2023 年 11 月 29 日于海珀香庭

我还要特别感谢商震老师。五年前，我和商老师在西安咸阳国际机场只有匆匆的一面之交，今年孟秋的一个午后，我怀着忐忑之心冒昧地打电话给他，请他为我的诗集作序，他沉思片刻，没有拒绝，第二天下午便发来了序言。

我还要特别感谢肖云儒老师。当我把诗集最后确定的书名《心渡》发给肖老师，请他题写书名时，他欣然答应，第二天便将题写的书名发给了我。但出版社的编辑老师说，书名已按最初提交书稿时的《心中那抹绿》申报且获批，无法更改。为此，我沮丧了好几天。当我怀着愧疚之情打电话把原委告诉肖老师时，没等我把话说完，肖老师便明白了我的意思，笑着说："你把原来的书名发给我，我重写……"听罢，我如释重负。仅过了两个小时，肖老师便发来了重新题写的书名，我心中的遗憾得到了些许慰藉。

写到这儿，我不禁又想起了给我的散文集《心中那片海》撰写序言的周明老师和题写书名的贾平凹老师。

2017年初夏，当我把散文集《心中那片海》中的部分篇章呈送给在文学路上始终关心、鼓励和培养我的周明老师，请他为我即将出版的散文集作序时，周老师二话没说，不到一周，便发来了《廉涛，写有情有义的散文》这篇写到我心窝里并得到专家学者一致认同的序言。当散文集《心中那片海》出版后，我第一时间打电话告诉周老师，并向他说了我想在北京开一个研讨会的